ゲンちゃんは おサルじゃ ありません

阿《あ》部《べ》夏丸《なつまる》・作　高畠《たかばたけ》那《な》生《お》・絵

ゲンちゃんは、おサルじゃ　ありません。
だって、ほらっ。
しっぽが　ないでしょ。
それに、ほらっ。
おしりだって、赤《あか》く　ない。
ゲンちゃんは、みんなと　おんなじ
子《こ》どもです。げんしじだいの　ちきゅうに　すむ、
にんげんの　子《こ》どもです。

ゲンちゃんが　あさ　おきて　さいしょに
する　ことは、はみがきでも　うんちでも
ありません。
まずは、木《き》に　のぼること。
そして、お日《ひ》さまに　むかって　ごあいさつ。
「うっほーっ！」
空《そら》は、まっさお。
とおくの　山《やま》では、マンモスが
ほえて　います。

「ゲンちゃ〜ん。おはよう。」
ゲンちゃんを　むかえに　きたのは
なかよしの　ジュラちゃんです。
「おはよ〜っす。」
くいしんぼうの　デボンくんも　います。
ゲンちゃんは、しゅたっと　木《き》から
とびおりると、みんなと　いっしょに　学校《がっこう》へ
いく　ことに　しました。

学校《がっこう》は、そうげんの　むこうの　さんかく山《やま》の
ふもとに　あります。三人《さんにん》は、そうげんを
あるきはじめました。
「きょうは、こっちから　いこう。」
「うん。」
学校《がっこう》への　みちのりは、
まいにち
おんなじでは　ありません。
じゆうです。

だって、ここには
みちと　いう　ものが、
ないのですから。しかし、
みちは　なくても、
みちくさだけは、
ちゃんと　くいます。

ゲンちゃんが　いいました。
「みどりの　はっぱは　おいしいけれど、
むらさきの　はっぱは、にがいんだよ。」
これは、じょうしきです。
だって、はっぱは、みんなの
あさごはんですから。

ジュラちゃんが　いいました。
「ゲンちゃん、水玉《みずたま》もようの　はっぱは、
どくが　あるから　たべちゃ　だめなんだよ。」
三人《さんにん》は、ちょっぴり　きけんな　せかいで
まいにち　くらして　います。
デボンくんは、わらいバナナを　山《やま》ほど
たべて　大《おお》わらいを　して　いました。

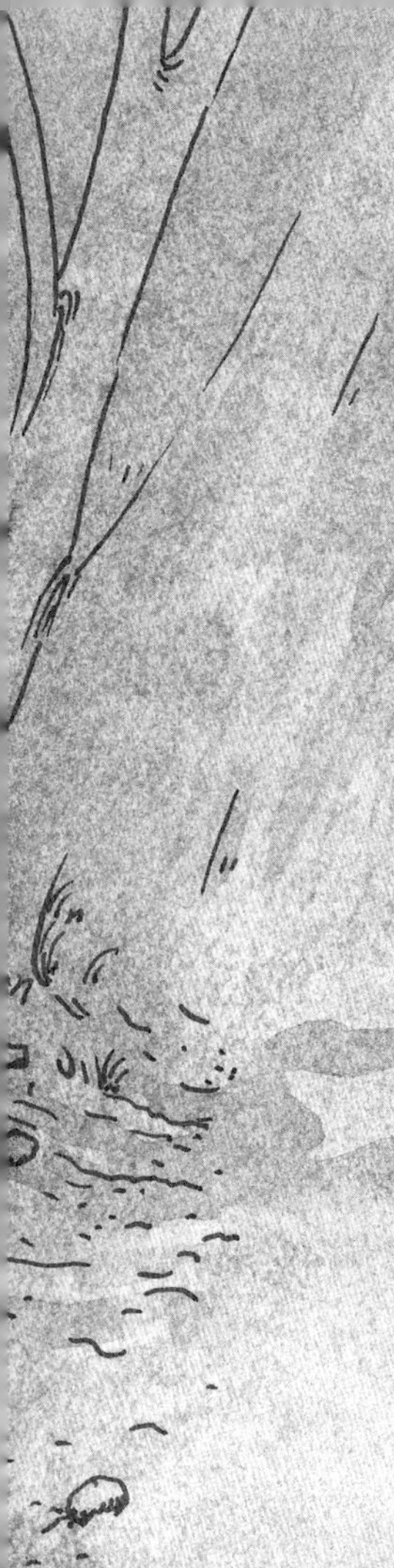

しばらく　いくと、
目《め》の　まえを
すいぎゅうの　むれが
はしって　いました。

どどどどどどどどっ、
どどどどどどどどっ。
みちの　ない
そうげんには、
しんごうきと　いう
ものが　ありません。
だから、まつしか
ありません。

どどどどどどどっ、
どどどどどどどっ。
じっと、まつしか　ありません。

どどどどどどどどっ、
どどどどどどどどどっ。
ジュラちゃんが　すいぎゅうの　むれを　見《み》て
さけびました。
「まあ、たいへん！　ベルムくんが。」
よく　見《み》ると、おなじ　クラスの
ベルムくんが、すいぎゅうの
つのに　ひっかかって　います。

どどどどどどどっ、
どどどどどどどっ。
すいぎゅうは、ベルムくんを　のせたまま
土《つち》けむりを　あげて　はしりさり、ちへいせんの
むこうに　きえて　しまいました。

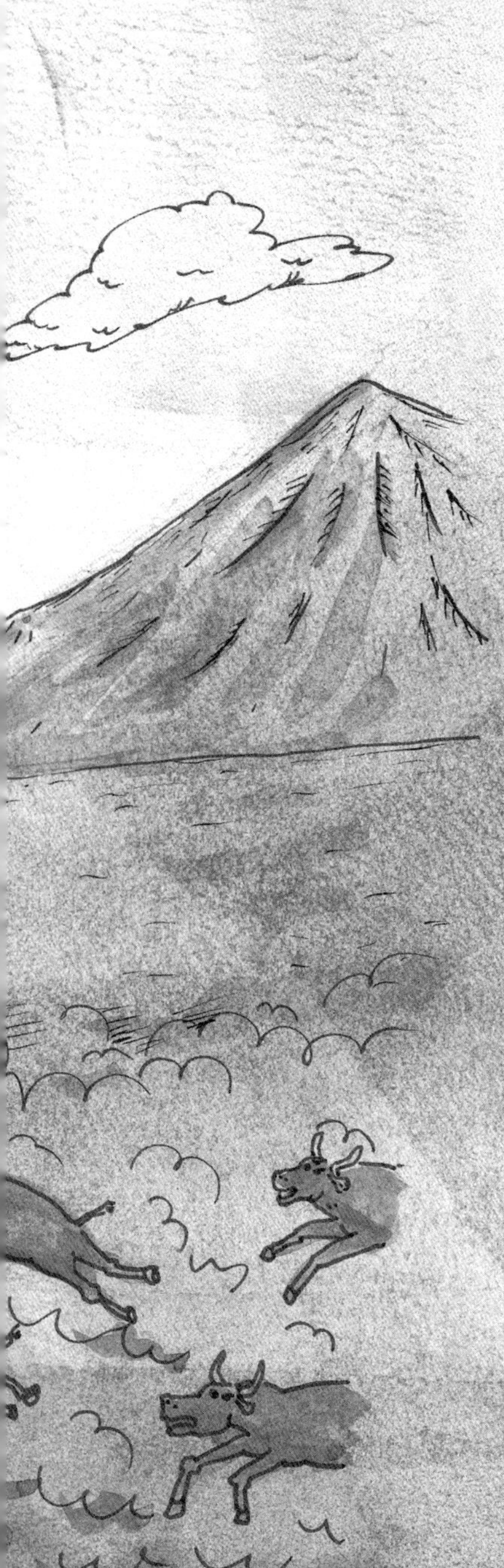

「あーあ、いっちゃった。」

これは、いまで　いう　こうつうじこ。

そうげんでは、よく　ある　ことです。

「かえって　こられるかなぁ？」

「おそらく、ベルムくん、きょうの　学校《がっこう》は、おやすみね。」

デボンくんは、あいかわらず、わらいバナナのせいで、わらって　いました。

すいぎゅうの　むれが
いつまでも　つづくので、
三人《さんにん》は　みずうみで
あそぶ　ことに　しました。
水《みず》を　かけたり、
とびこんだり。
デボンくんは、
がぶがぶ　水《みず》を
のんで　います。

えっ？　はやく
学校《がっこう》に　いかなくても　いいのかって？
きに　しない、きに　しない。
なにしろ、三人《さんにん》の　学校《がっこう》には、ちこくと
いう　ことばが　ありません。
そのうえ、とけいと　いう　ものが　ないので
じかんは　いつだって　だいたいなのです。

まるたに　のって　あそんで　いると、
みずうみの　中《なか》に　たくさんの　さかなが
見《み》えました。
「まあ、きれい。ゲンちゃん、つかまえてよ。」
と、ジュラちゃんが　いいました。

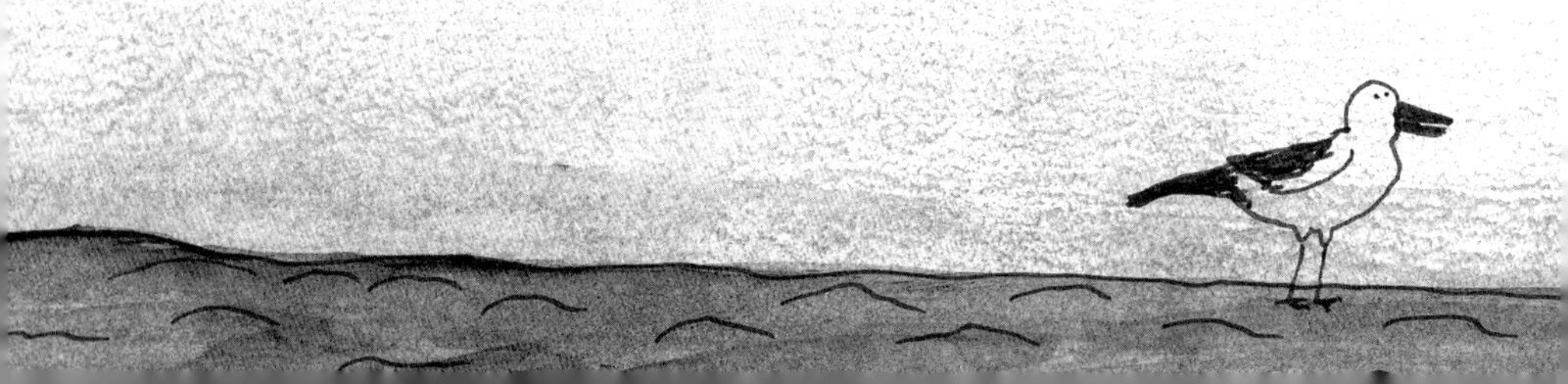

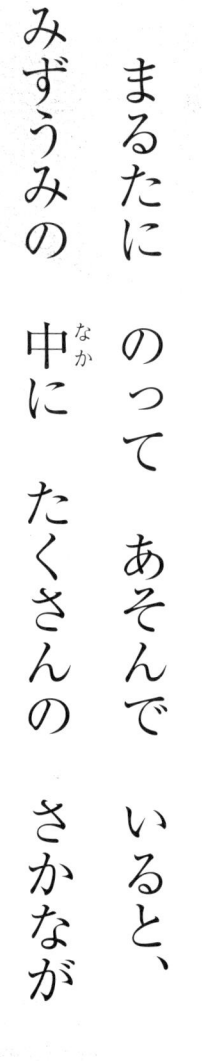

「おう、まかしとけ！」
ゲンちゃんは、げんきに　こたえると、
ふくを　ぬぎ、パンツを　ぬいで……。
いやいや、パンツは　もともと　はいて
いません。はだかに　なって、みずうみに
とびこみました。

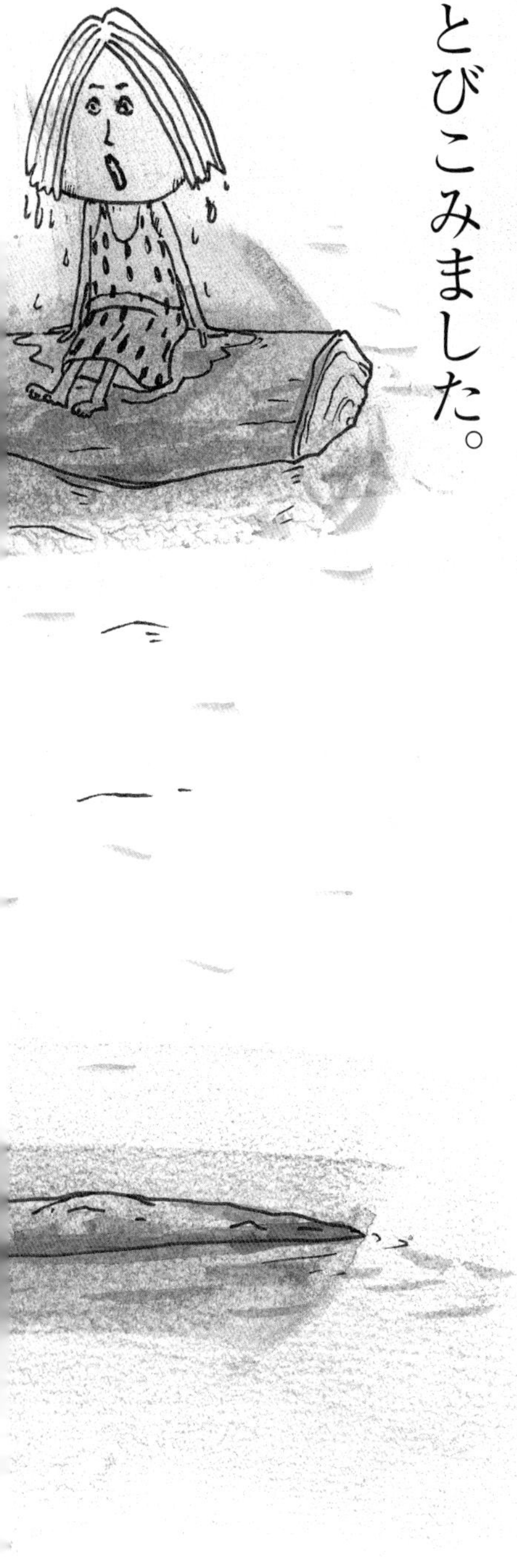

ゲンちゃんは、いきものを　つかまえて
あそぶのが　だいすきです。
だいすきだから、とくいです。
ですから、みずうみの　中《なか》を
かわうそのように　およぎまわり、
たくさんの　さかなを　つかまえました。

ジュラちゃんは、
木《き》に　のぼって、
タマヤシの　みを
五《いつ》つ　とりました。
そして、その　みを
わり、かわを　はぎ、
すなで、みがきました。

タマヤシの　みは、よく　みがくと
ガラスのように　とうめいな　うつわに
なります。
どうやら、ここに、さかなを
入《い》れるようです。いきものを
かわいがるのが　だいすきな、
ジュラちゃんが　いいました。
「きれいな　さかなに　かこまれると、わたし、
ロマンチックな　きもちに　なるの。」

そのころ、デボンくんは、あいかわらず
わらいながら、こえだを　すりすり　して
いました。
こえだを、すりすり。
すりすり、すりすり、
すりすりすり。
なにが　したいのか、よく　わかりませんが、
あきずに　している　ところを　見《み》ると、
こんな　すりすりが　だいすきなのでしょう。

「やった〜、たいりょうだぜ！」
ゲンちゃんが、さかなを　山《やま》ほど　かかえて
もどって　きました。
にじいろの　さかな。
しましまの　さかな。
水玉《みずたま》もようの　さかなも　います。
ジュラちゃんは　大《おお》よろこびで、さかなを
タマヤシの　すいそうに　入《い》れました。
「きれいね。かわいいね。」

うっとりする　ジュラちゃんの　よこで、
ゲンちゃんが、いいました。
「そうだ、ジュラちゃん。こいつも　すいそうに
いれてよ。」
ゲンちゃんが　とくいげに　かかえて
いたのは、大《おお》きな　ヨロイナマズでした。
ゲンちゃんは、つよくて　大《おお》きい　さかなが、
だいすきなのです。

しかし、大《おお》きな
ヨロイナマズは、あたまの
先《さき》しか すいそうに
入《はい》りませんでした。
すると、デボンくんが、
めずらしく 大《おお》きな
こえで いいました。
「うわぁ、おいしそう。
さあ、はやく たべようよ！」

「えっ、たべるの？」
「うん。まるやきに　しよう！」
じつは、デボンくん。こえだを　すりすり
やって、火《ひ》を　おこして　いたのです。
これは、子《こ》どもの　たしなみ。
火《ひ》おこしぐらい　できなくては、りっぱな
子《こ》どもとは　いえません。

デボンくんは　たき火《び》の　中《なか》に、大《おお》きな
さかなを、えいっと　なげこみました。
ゲンちゃんと　ジュラちゃんは、きれいな
さかなを　たき火《び》の　まわりに　ならべて
います。

ぱち、ぱち、ぱち、
と、たき火《び》の　音《おと》。
うごいて　いた　さかなが、うごかなく
なりました。

もく、もく、もく、
と、けむりが　あがり、きれいな　さかなが
こんがりと　やきあがりました。

「おいしいね。」

「おいしいな。」

「うまい、うまい。ふが、ふが、ふが。」

三人《さんにん》は、大《おお》よろこびで、さかなをほおばりました。

それから、三人《さんにん》は、大《おお》きな　いわの　上《うえ》で
よこに　なりました。
しばらく　おひるねです。
お日《ひ》さまの　ひかりを　いっぱいに　あびた
大《おお》きな　いわが、三人《さんにん》の　からだを　あたためて
くれました。

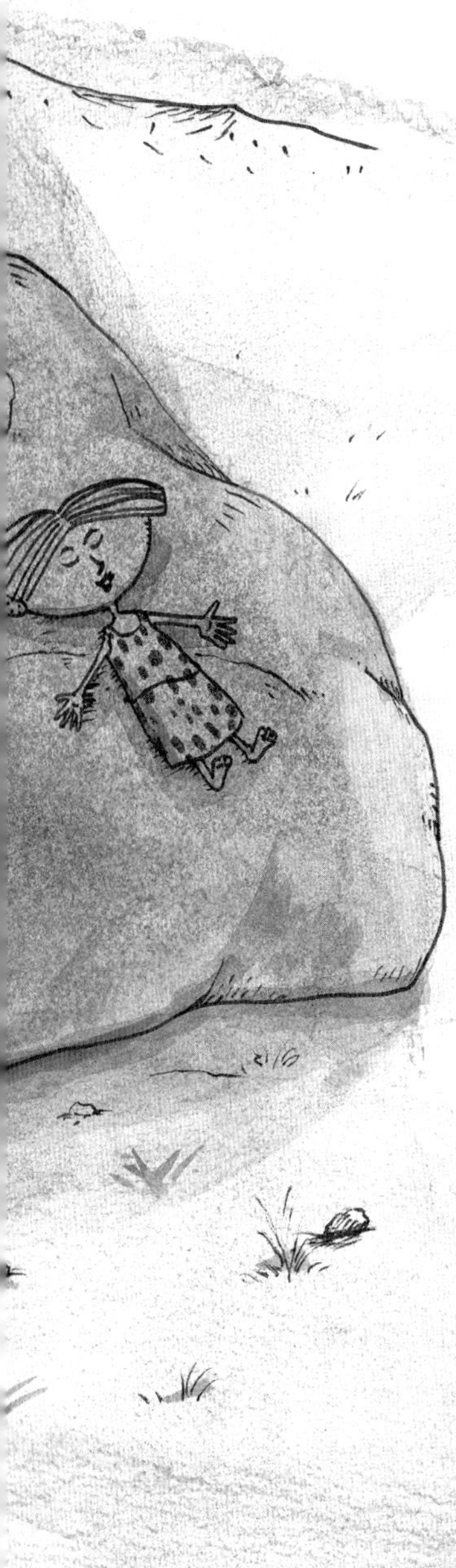

「ぐほーっ、ぐほーっ、ぐほーっ。」
そうげんに　こだましたのは、デボンくんの
いびきです。
デボンくんは、いつも、だれよりも　たくさん
たべて、だれよりも　たくさん　ねむります。
「ぐほーっ、ぐほーっ、ぐほーっ。」
ゲンちゃんと　ジュラちゃんは、デボンくんの
いびきが　うるさいので、ねむる　ことが
できませんでした。

「ねえ、ゲンちゃん。」
「ん？」
「こんど、学校《がっこう》に、すいぞくかんを
つくりましょうよ。」
「んん？　すいぞくかんって、なんだ？」
「ゲンちゃんが　つかまえた　さかなを、
たくさん　ならべるの。きっと、
きれいよ。きっと、すてきよ。」
「んんん？」

すいぞくかんを　しらない
ゲンちゃんには、
なんの　ことだか
さっぱり　わかりません。
（さかなを　ならべる……？
それって、
さかなやさんの
ことかな……？）

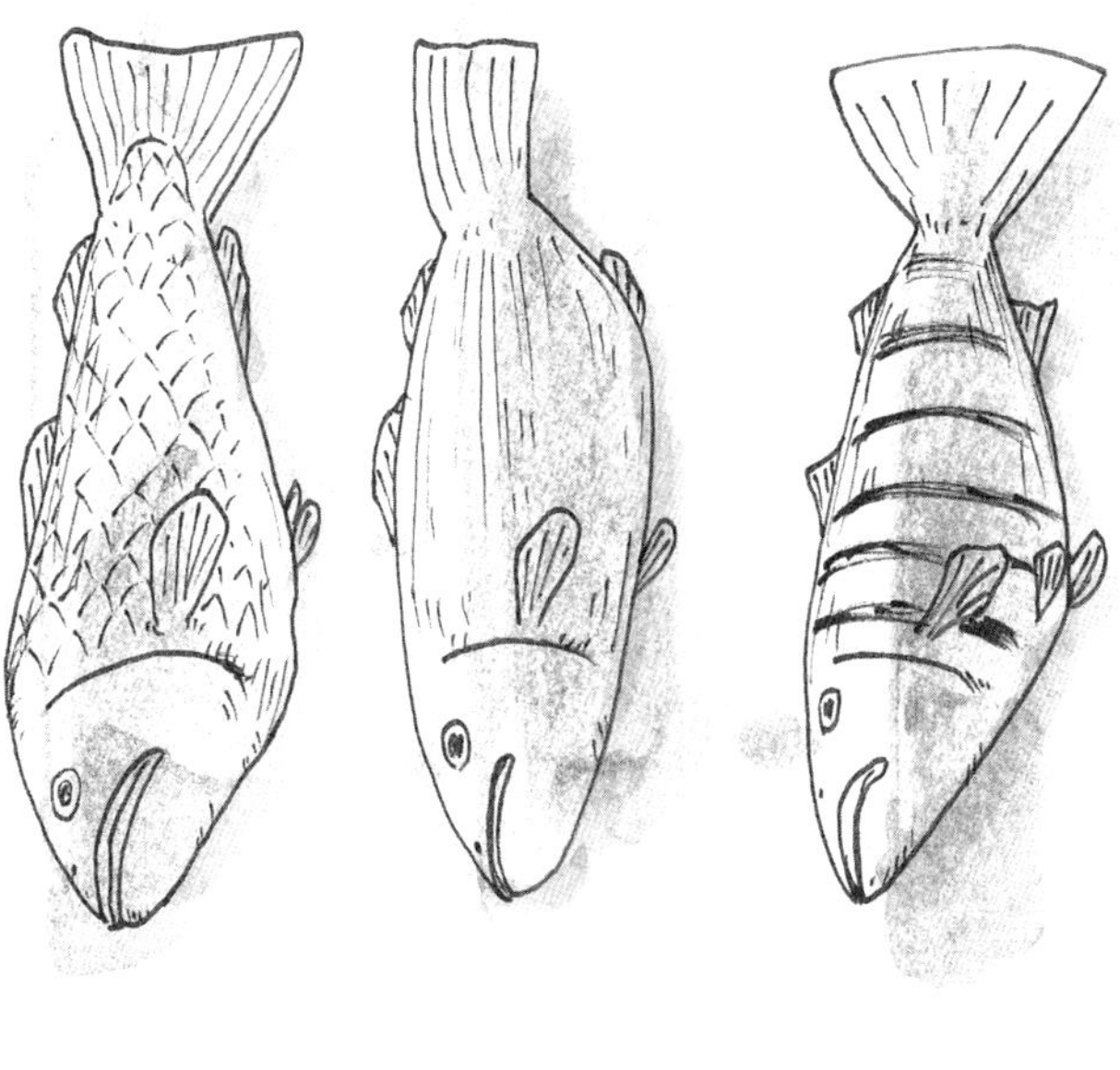

大《おお》きな　かんちがいを　する　ゲンちゃんの
よこで、デボンくんも、とんちんかんな
ねごとを　いいました。
「むにゃむにゃ、すいぞくかん、さいこーっ。
おさかなの、たべほうだいだ～。
ぐほーっ、ぐほーっ、ぐほーっ。」
つかまえるのが　すきな　ゲンちゃんと、
たべるのが　すきな　デボンくんには、
ジュラちゃんの　おもいは

つたわらなかったみたいです。

その　ときです。
三人《さんにん》の　目《め》の　まえに
ひろがって　いた　青空《あおぞら》が、
いっしゅん　まっくらに　なりました。
「あれ？」
なにが　おこったのか、
わかりません。

「あれれ？」
どうじに、デボンくんの
いびきが　きこえなく　なりました。
ジュラちゃんが、いいました。
「きゃ、たいへん。
デボンくんが　いないわ。」

空《そら》を　見《み》あげると、大《おお》きな
ぎょめぎょめどりが　デボンくんを　つかまえて
とんで　いくのが　見《み》えました。
「たいへん、デボンくんが　たべられちゃう！」
これも、よく　ある　ことです。
三人《さんにん》が　ごはんを　たべるように、
ぎょめぎょめどりも、ごはんを　たべます。
それが、たまたま、デボンくんだったと
いうだけの　はなし。もんくの　いえる

ことでは　ありません。

だからと　いって、たすけない　わけには
いきません。ふたりは、ぎょめぎょめどりを
おいかけて、そうげんを　はしりました。
のを　こえ、山《やま》を　こえ、ふたりは、
デボンくんを　おいかけました。

そして、ジャイアントデカゾウガメの
せなかの　上《うえ》で、やっと、ぎょめぎょめどりと
デボンくんを　見《み》つけました。
そこは、がけに　ある
ぎょめぎょめどりの　すでした。
おなかを　すかせた　ぎょめぎょめどりの
赤《あか》ちゃんが　三《さん》わ、
「きょめ、きょめ、きょめ。」
と　ないて　います。

「ゲンちゃん、どう　しよう。あんなに　たかい
ところじゃ、たすけに　いく　ことも
できないわ。」
ゲンちゃんは、石《いし》ころを　ひろうと、
がけに　むかって、なげる　ことに　しました。
ゲンちゃんは、石《いし》なげの　めいじんです。
やきとりの　ざいりょうは、いつも
石《いし》ころを　なげて　つかまえます。
「えいっ。」

しかし、石《いし》は　ぜんぜん　とどきません。
いくら、めいじんでも、とどかない　ことには
どう　する　ことも　できません。

「よし、どうぐを　つくろう。」
ふたりは、ながい　ながい　ゴムゴムの
つるを　きると、二本《にほん》の　木《き》に
しっかりと　むすびつけました。
パチンコです。
そして、ゴムゴムの　つるの
まんなかに、大《おお》きな　石《いし》を
あてがうと、ふたりで
ぐいぐい　ひっぱりました。

「ジュラちゃん、はなすよ！」
「うん！」
せ〜の〜、ぱーん。
ふたりが　手《て》を
はなすと、ゴムゴムの
つるは　ぴゅーんと
音《おと》を　たて、石《いし》は
まっすぐ　がけに
むかって、はっしゃされました。

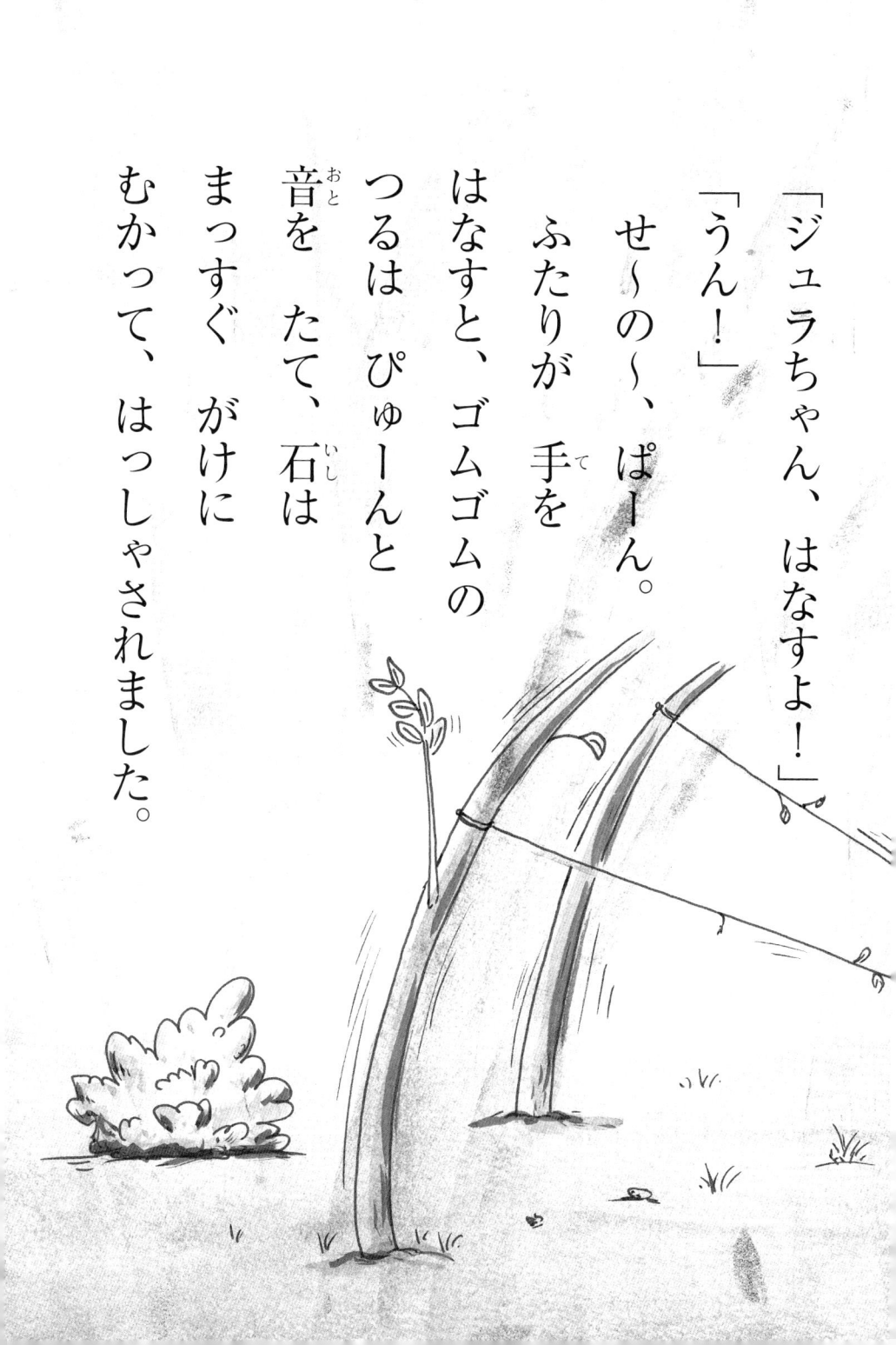

「いけ〜っ！」
「ぎょめぎょめどりに　とどけ〜っ。」
石《いし》は、ぎょめぎょめどりの　すに　むかって、
まっすぐ、とんで　いきました。

ごつん！

ふたりの　とばした　石《いし》は、
ぎょめぎょめどりの　あたまに　みごとに
めいちゅうしました。
これは、きせきです。
よのなか　あまくは　ありませんが、ときどき、
きせきは　おこります。

ゲンちゃんと　ジュラちゃんが　がけの下《した》まで　いくと、そこには、うごかなく　なったぎょめぎょめどりの　おやと、「きょめ、きょめ、きょめ。」と　なくぎょめぎょめどりの　赤《あか》ちゃんが　三《さん》わいました。みんな、いっしょに　おちてしまったようです。

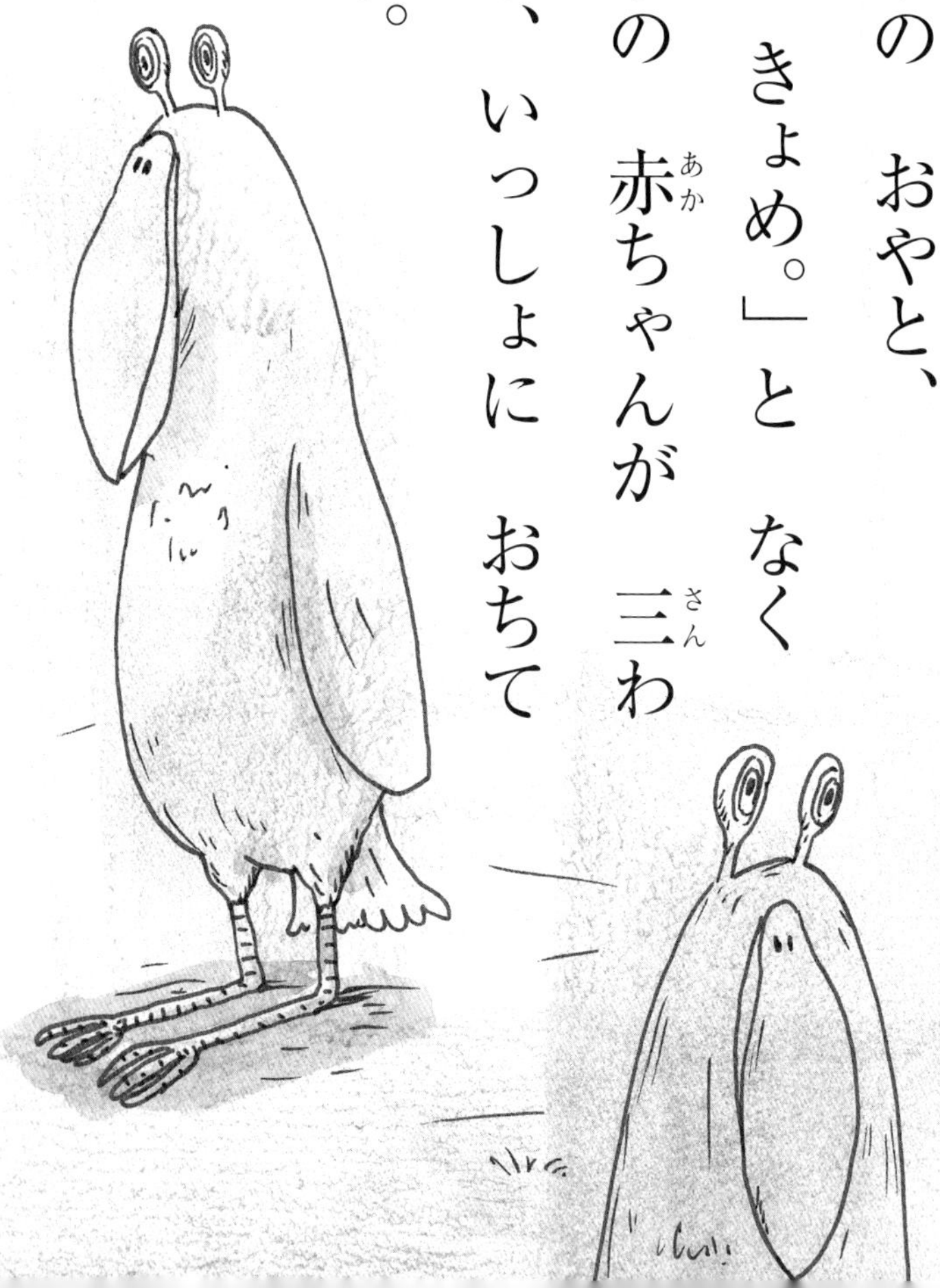

しかし……。

たいへんです。

デボンくんが　いません。

「デボンくんは？」

「デボンくんが、いないぞ。」

ひょっとして、
もう、たべられて
しまったのでしょうか？

その　ときです。

「……ぐほーっ、ぐほーっ、ぐほーっ。」

どこからか、いびきが　きこえました。

「あっ、ここだわ。」
ぎょめぎょめどりの　口《くち》から　足《あし》が
にょきっと　出《で》て　います。
のんきな　デボンくんは、はんぶん
たべられながらも、まだ　おひるねの
さいちゅうでした。
「あ〜、よかった。」
ふたりは　デボンくんを　ひっぱりだすと、
学校《がっこう》へ　いく　ことに　しました。

ぎょめぎょめどりの
くびを、ゴムゴムの
つるで　しばり、
ゲンちゃんと　デボンくんが
ひっぱります。
「うへ～、おもいなぁ～。
でも、きっと、
みんな、おどろくよね。」
ゲンちゃんの

ことばを　きいて、
デボンくんが　こたえました。
「おどろくどころか、
きっと、せんせいが、
ほめて　くれるよ。」
「そうかなぁ。」
「うん。あしたの
きゅうしょくは、
たべきれないぞ〜っ。」

ふたりの　うしろを、
ジュラちゃんが
あるいて　いました。
「きょめ、きょめ、きょめ。」
「きょめ、きょめ、きょめ。」
かわいがりずきの
ジュラちゃんは、もう、
ぎょめぎょめどりと
はなしが　できるみたいです。

「きみたち、きょうから、
わたしが　おかあさんよ。
だいじに　そだてて
あげるから、
いい　子《こ》に　なるのよ。
わかった？」
「きょめ、きょめ、きょめ。」
もう、すっかり
おかあさんきどりです。

お日《ひ》さまが、にしに　かたむき、
さんかく山《やま》の　上《うえ》に　夕《ゆう》やけを
つくりはじめました。

「よいしょ。」

「よいしょ。」

「きょめ、きょめ、きょめ。」

三人《さんにん》と　三《さん》わは、あるきます。

「よいしょ。」

「よいしょ。」

「きょめ、きょめ、きょめ。」
さんかく山《やま》の　ふもとに
学校《がっこう》が　見《み》えて
きました。

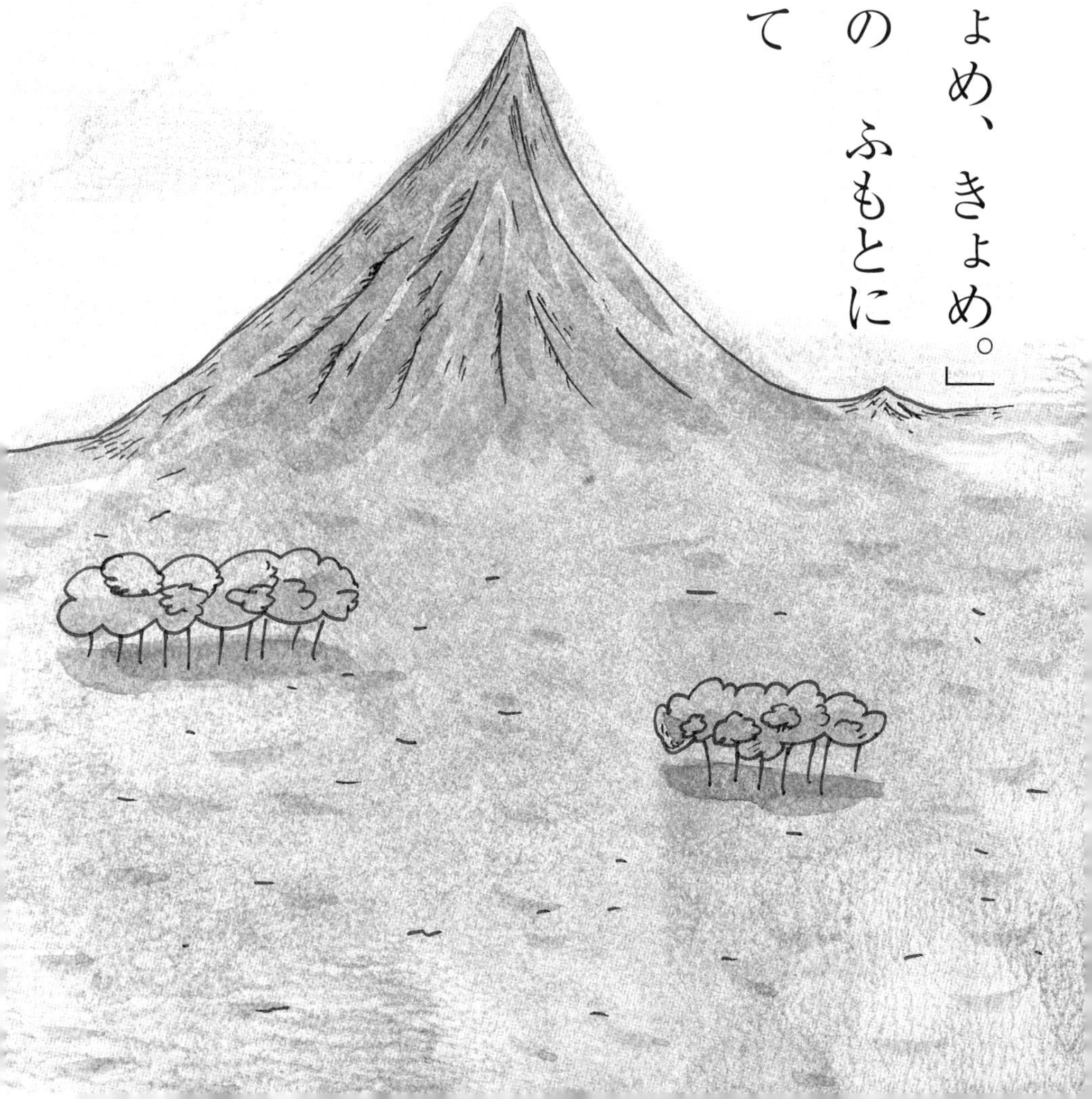

どどどどどどどどっ、
どどどどどどどどっ。
まっかな　夕《ゆう》やけの　中《なか》から　すいぎゅうの
むれが　また、やって　きました。
「ベルムくん、まだ　ひっかかって
いるかしら？」

どどどどどどどどどっ、
どどどどどどどどどっ。
ベルムくんは、まだ　すいぎゅうの　つのに
ひっかかって　います。
ところが、一日《いちにち》じゅう　ひっかかって　いた
ものですから……。
ビリッ！
とうとう　ふくが　やぶれ、ベルムくんは、
学校《がっこう》の　まえに　ほうりだされました。

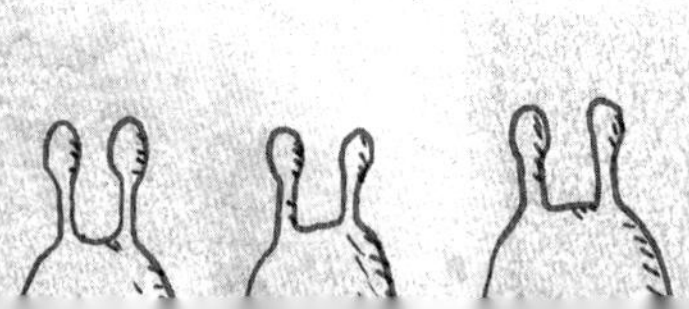

「ベルムく〜ん、だいじょうぶ〜?」
三人《さんにん》が　かけよると、ベルムくんは
なにごとも　なかったような　すずしい　かおで
こう　いいました。
「えへへ、あるかなくても　学校《がっこう》へ
ついちゃった。」
でも、おしりが　まる見《み》えな　ことには、
きが　ついて　いないようです。

そして　四人《よにん》と　三《さん》わは　学校《がっこう》に　つきました。
ところが……。
かこ～ん、かこ～ん、かこ～ん。
げこうを　しらせる、ほねの　おと。

「あ〜あ、学校《がっこう》、おわっちゃった〜。」
「でも、たのしかったから　いいよね！」
これが、ゲンちゃんの　一日《いちにち》です。

ゲンちゃんは、おサルじゃ　ありません。
みんなと　おんなじ、ただしい　にんげんの
子《こ》どもです。

（おしまい）

作者・阿部夏丸
〔あべなつまる〕

一九六〇年、愛知県生まれ。お天気は、晴れもいいけど雨もすき。一番すきなのは雨上がり。裏庭でつかまえたカタツムリやナメクジは数知れず。著書に『森の地図』など。

画家・高畠那生
〔たかばたけなお〕

一九七八年、岐阜県生まれ。高速道路の上を横切っている橋が好き。暑ーい夏の日に橋からずーっと走る車を眺めてたい。絵本に『たとえば、せかいがゴロゴロだったら』など。

シリーズ装丁・田《た》名《な》網敬一《あみけいいち》

どうわがいっぱい⑫④

ゲンちゃんはおサルじゃありません

2018年5月15日　第1刷発行

作者　阿部夏丸《あべなつまる》
画家　高畠那生《たかばたけなお》

発行者　渡瀬昌彦
発行所　株式会社 講談社
東京都文京区音羽2-12-21(郵便番号112-8001)
電話　編集　03(5395)3535
販売　03(5395)3625
業務　03(5395)3615
N.D.C.913　86p　22cm
印刷所　株式会社 精興社
製本所　島田製本株式会社
本文データ作成　脇田明日香

ISBN978-4-06-195783-1